皮皮與波西

I READ

皮皮與波西：紅氣球

繪　圖｜阿克賽爾．薛弗勒
譯　者｜酪梨壽司

發行人｜劉振強
出版者｜三民書局股份有限公司
地　址｜臺北市復興北路 386 號 (復北門市)
臺北市重慶南路一段 61 號 (重南門市)
電　話｜(02)25006600
網　址｜三民網路書店 https://www.sanmin.com.tw

出版日期｜初版一刷 2019 年 1 月
初版三刷 2022 年 4 月
書籍編號｜S858140
I S B N｜978-957-14-6540-1

Originally published in the English language as PIP AND POSY: THE BIG BALLOON

皮皮與波西

紅氣球

阿克賽爾・薛弗勒／圖　　酪梨壽司／譯

小山丘

皮皮有一顆氣球，
一顆屬於他自己的氣球。
氣球大大的、紅紅的、圓圓的，
皮皮喜歡得不得了。

皮皮把氣球帶去給波西看。
她也覺得氣球好可愛。
他們決定帶氣球出門走走。

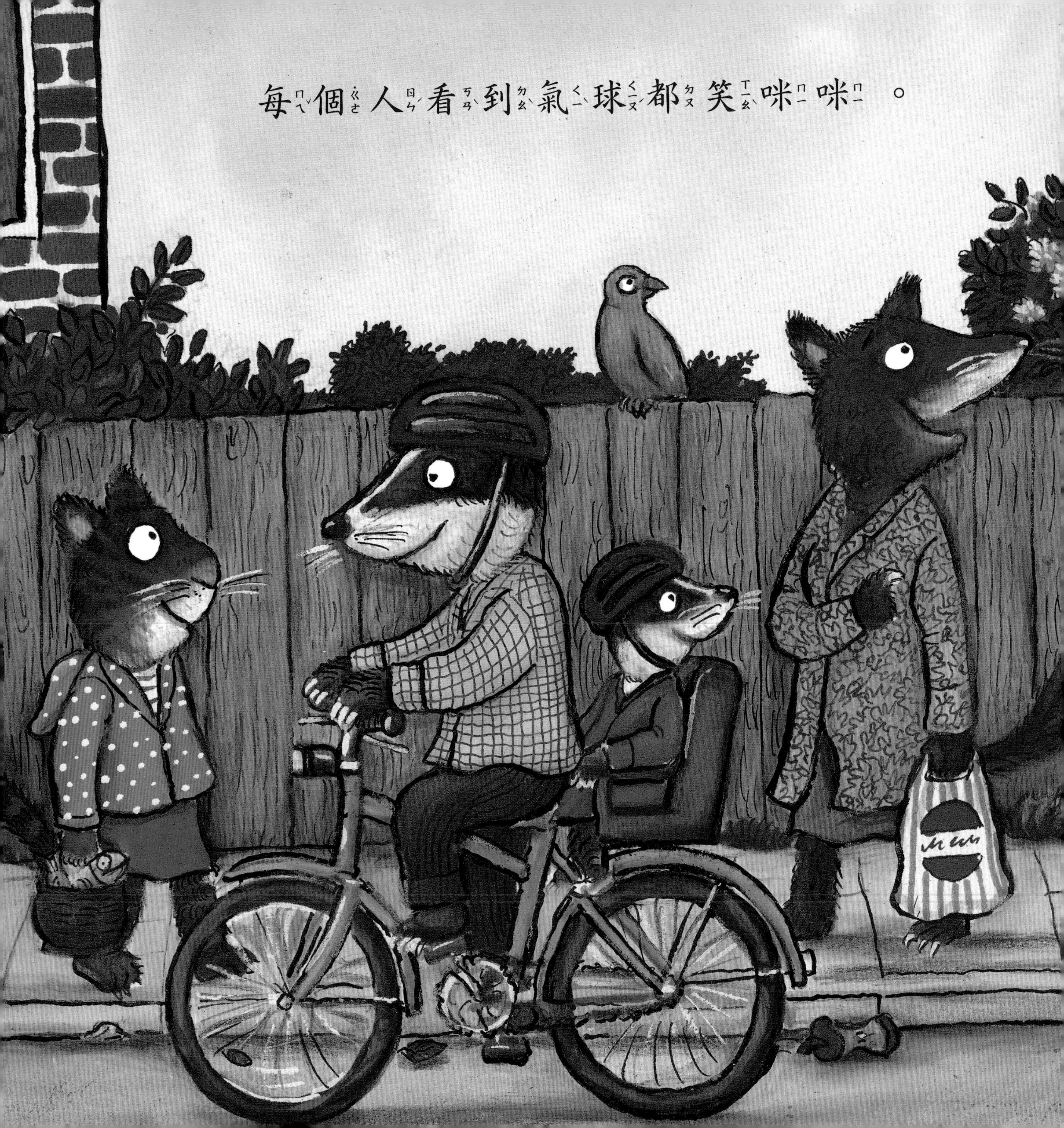

每（ㄇㄟˇ）個（ㄍㄜ˙）人（ㄖㄣˊ）看（ㄎㄢˋ）到（ㄉㄠˋ）氣（ㄑㄧˋ）球（ㄑㄧㄡˊ）都（ㄉㄡ）笑（ㄒㄧㄠˋ）咪（ㄇㄧ）咪（ㄇㄧ）。

氣球讓大家都很開心。
每日5蔬果

然而，一個不小心，
皮皮讓氣球飛走了！

氣球飄到半空中。

皮皮和波西想把氣球追回來。

但它愈飛愈高……

愈飛愈高！

然後，
砰！
氣球破了！

喔ㄛ，天ㄊㄧㄢ啊ㄚ˙！

氣球破了，

皮皮好傷心好難過。

他一直哭……

一直哭……

一直哭。

可憐的皮皮！

這時，

波西想到一個好主意。

她說，

我們來吹泡泡吧！

所有的泡泡都飄走了。

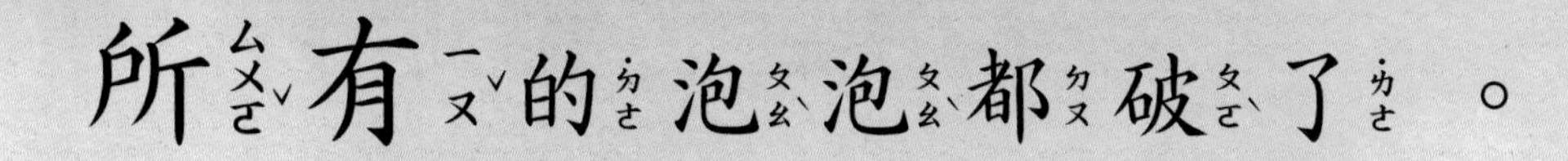

所有的泡泡都破了。

但是皮皮和波西一點也不難過，
因為泡泡本來就會破啊！

太ㄊㄞˋ棒ㄅㄤˋ啦˙ㄌㄚ！

Pip had a balloon.
A balloon of his very own.
It was big and red and round,
and Pip liked it very much indeed.

Pip took it to show Posy.
She thought it was a lovely balloon too.
They decided to take it for a walk.

Everyone who looked at
the balloon smiled.

It made people happy to see it.

But then, by mistake,
Pip let the balloon go!

The balloon floated
into the air.

Pip and Posy chased the balloon.

But it floated
higher . . .

. . . and higher!

And then,
BANG!
It popped!
Oh dear!

Pip was very, very sad that
the balloon had burst.
He cried . . .
and cried . . .
and cried.

Poor Pip!
Then Posy had a really
good idea.

She said that they should
blow bubbles.

ALL the bubbles floated away.

And ALL the
bubbles popped.

Hooray!

But Pip and Posy didn't mind, because
that's what bubbles are supposed to do!

阿克賽爾・薛弗勒 Axel Scheffler

1957年出生於德國漢堡市，25歲時前往英國就讀巴斯藝術學院。他的插畫風格幽默又不失優雅，最著名的當屬《古飛樂》*(Gruffalo)* 系列作品，不僅榮獲英國多項繪本大獎，譯作超過40種語言，還曾改編為動畫，深受全球觀眾喜愛，是世界知名的繪本作家。

薛弗勒現居英國，持續創作中。

譯者
簡介

酪梨壽司

當過記者、玩過行銷，在紐約和東京流浪多年後，終於返鄉定居的臺灣媽媽。出沒於臉書專頁「酪梨壽司」與個人部落格「酪梨壽司的日記」。